詩集 夜が響く

秋野かよ子

コールサック社

詩集

夜が響く

目次

＊

＊＊

詩集
夜が響く

秋野かよ子

*

貝ですっと囁きに来て

サザエは　蓋の裏に螺旋模様で過去を語る
私の蓋から　閉じた魚がでてくるだろうか

＊

カタツムリを手にすると
体が貝のなかに縮みきれない
いつのころから地面を這いはじめたのだ

＊

小さい貝が虫になって　山の樹でマイマイしている
祖先代々　ここが宇宙
この木へどこから来たのだろう
貝殻に引きこもったままなのに

＊

潤んだ点が　ふたつ
家も捨て泳ぎも忘れ塩まで嫌い　隠れて歩いた
ナメクジよ
黒い泪眼に夜空の何が映っているの

＊

海に居ることにした
ウミウシは踊る
光から　ド派手な衣装をもらった
夜空の星は見ないけど　海藻を食べて
子どもには　一つひとつ違う服を着せて願いを込めた

＊

体じゅうに海水を溜めながら
人は何もわかっていないのです
夜空の星や渦巻く銀河の映像を
水たまりのような　小窓を眺めて微笑んでいても
先に生きてきた　あなたの足あとをたずねられないのです

＊

そういえば　カンブリア紀の絵に似たものを見た
眼だらけ円盤が　海を舞う
ホタテは　うなずいて飛んでいった

夜の声

蟬が鳴かんようになった
前の山　後ろの山
蟬　鳴かん　死ぬる音ものうなった……

広場が道になった
広い道になった
広い歩道ができた

山を揺さぶっていた蟬が　いま
三匹ほどになって鳴いた

夜中に野良犬が遠吠えで鳴いた

豊かな闇が　がらんどうになると
闇は　色のない暗さを着て
恐ろしいものが駆け抜けていく

闇がのうなると
人は恥ずかしくて歩けるか

モクズガニ

ころあいの良い
海でもなく川でもなく
良いあんばいの塩加減で暮らしていた
もし　木に登る運命であるならば
クワガタかカブトムシだったのだろう
夏の終わりごろ　妙に体がうずく……
甲羅がゲトゲト言いはじめた

明日にしようか
いや今晩だ

尖り目で月と星を見定めた
甲羅の言うとおりに
戦いの川を逆上ろう
愛は見つかるだろうか
上流の岩陰に　姫がいる
きっといる
いないなど一度だって考えたことはない
こうして　人間よりずっと長く生をつないできたのだ

蟹カマボコ

蟹カマボコは　蟹より蟹らしいのが憎らしい
と蟹は言った
これを　はじめに作った人間は
蟹を食べ　蟹を前にして蟹を睨んだ
頭のなかはいつも蟹で溢れ
顔も四角くなっていた
来る日も来る日も
蟹を食べ　蟹を思い僕らを愛していた
手ざわりや舌触りも　凝りに凝っていたが
よく見ると　魚だ

蟹は考えこんでいた
岩の穴に隠れて一生を終えるのが良いのか
人間に捕まって喜ばれるのが良いのか
左右のハサミを撫ぜながら
「美味だ」
と言われ可愛がられてきた自分が
わからなくなっていた

夏

大きなアシダカグモが　ゴキブリを狙っている
ハエ叩きを持って　三角の関係で立つ
我を捨て　欲を捨て
何故　悩む

ムカデよ

強烈な存在が動く

私はおまえが一番身近で恐いのだ
その姿
おまえは我が身を知っているのか
ゆとりだらけの足
脂ぎった色
ジャバラで三次元を行き交う
前後にセンサーをひらめかし
眼は既に閉ざされた　悲しさ

私の腕を何倍にも腫らした毒
私の顔の半分を赤風船にした毒
おまえは悪魔なのか　神のまわし者か

梅雨がくる
十五センチ……二十センチが動く
寄るな
ただ歩け
嗚呼　歩くおまえを見ただけで　私は殺す
愛しく殺す
ところで……
おまえは今、どこを歩いているの
部屋に向かっているのか
来るな

寝床に入るな

ところで……
今日　虫を食べたのか
逃げ足の速いゴキブリを捕らえられたか
あのときの　おまえの足さばきは見事だった
体じゅうを　シャワシャワっと横揺れにさせて
一ミリの隙間をぬう
ときどき瘦せ細って歩いているのを見ると
心配になるんだ

おまえは　我が身に降りかかる危害がなければ
何もしない
不器用で
不格好で

誰からも愛されはしない
飲まず食わずで子を足で抱きかかえ育てる
ムカデ
予告なき魔除け

晩夏のころ

焼けた暑さの　かさぶたが取れ
憑きものが取れ
秋が匂う

里芋を剝いていた

＊

雨で暑さが流れた
裏の戸を開けると

シマヘビの子どもが二匹死んでいる
割り箸ほどの細い蛇に
蟻は黒胡麻まぶしになって苦労していた
私たちには　何ひとつ手伝えない世界が多い

＊

影の色が濃くなると
秋が来る
三十三度の秋が来る
よれよれに
秋を拝む

＊

雨、多い夏
濡れ土を　その爪で這い上がれたのだろうか
遅蟬《おそぜみ》の　か細い声

＊

なかなかと蒸す
すでに秋雨
真夏の光は雲の奥
毎日　ポリ袋を被った新聞紙がポストに入る　優しさ

＊

「ともしび」と書いている文字が
まっすぐに心に見えると

秋は近い
空調が冷たく感じ
冷えた飲みものは　まだ手離せず

＊

静かになった夜
手紙を書きたくなる
手書きの手紙を頂く嬉しさ
棄てる痛み
空気に混じるメールの儚い憩い

＊

蒸せる日が続く

何もしたくない日
食べることすら億劫になる日
花も咲いていない
こんな日も喜びたい

＊

冷蔵庫のアイスクリーム
心と舌のせめぎ合い
辛抱の　間……

歩く

歩き方を忘れていた
歩ける……
人の歩く姿を見て
過去を呼び起こし
人が二本の足で
二本の足だけで歩けるってことは
金魚が空を飛ぶようなことなのだ

金木犀が香る

※人工関節置換術をしたあと。

顕微鏡

隠されたものを引き剝がしていくのは
欲望なのか

華麗に悲しげに虹の世界を映す鱗粉に
蝶も我が身を知りはしない
そして
ここは風もない
羽ばたく大空もない
宇宙からきた片割れが　切り取られて横たわっている
目に留まるその先に　更にその奥に

別の何ものかが見えるのかと
ミクロへ馳せる宇宙
電子の色に取り憑かれ　妖しい自我の思惑がはしる
遠い銀河からきた　虫の羽たちよ
見なければよかった
わたしは貪欲になっていく

＊

生きることを願ってやまない
管理された　天国と
苦しみに這いつくばって
いまを思う　自由な娑婆と
人は　どちらを願うのだろう

*

*

いつの日か

あの子は　重い障害を持ち夢を握っている
ぬいぐるみのペンギンが　飛ぶ
きっと飛ぶと
ペンギンをいつも窓のそばへ　おいている

ひとは絵を描く

数ある絵のなかで
君は　バッカスの絵を選んだ
バッカスが何ものかを知らなくても
豊満な肉体を君は我がものに捉えた

大きく模写をする
麻痺した右手を押さえて
左手で　クレパスで　バッカスを描く
油彩のようにクレパスは色を盛りあげた
バッカスだ

勝利の酒だ
君は　男だ
思いがけずに……

勝利した
高校の美術で一位になった
マスコミの人が来て　「この子が描いたのか……?」
君は重度の障害のため言葉はなく微笑んで
何を言われているかを知っていた

美術館の正面に力強く描かれた眼が光る
バッカスは見る者を呑み干し
バッカスは飽きることなく
来る人たちを見渡していた

ぼくの世界　1

ときどき君のすれ違う瞳を
抱きしめながら揺さぶっていた
君はいつものけ反って見知らぬ心の森へ消えていく
私は幼い君を追いかけていた

＊

家が遠く小学校一年生から寄宿舎に入った君は
ある時　四つ切りの画用紙にＵＦＯのような絵を描いた
――これ何？

問いかけのできないＵＦＯが
毎日何枚も溜まり宙を飛んでいる
ピンク　黄色　黒　鮮やかで左右に目があった

ブランコ好きの君の目線を辿っていたとき
隔たった家の屋根の鬼瓦に行き着いた　ＵＦＯだ
君は家に帰りたかったのか

図鑑で家や鬼瓦を見せると私の顔をじっと見た
自分の家ではなかったからだ
写真をたくさん撮って君を言葉の森へ誘ってみた
落ち着いた小部屋で
指文字と簡単な手話をいくつか覚えていく
それは君が要求を満たす種を握ったことになる

――みかんイヤイヤ　ビワすき　ビワください
　みかん切るよろしい
真冬に　ビワがないと言えば
瞬間に窓ガラス二枚ほど割った
思いが通じないとガラスを割ることになってしまった
充分言葉が言えないとき言葉の苗木は細く
体だけは育ち　周りの人々の樹々は鬱蒼と深い
君は言葉の不便さを知ってきた

それでも君は頭を壁にぶつけながら言葉の森で
自分を話す孤高の人のような存在感をもってきた

私を困らせたのは
ガラス代を事務長にいつも請求することだった

――三百六十五日　二十四時間ガラスを割っていない
必ず止まる　秋を三年重ねれば次の秋には止まる
と言い続け
その都度事務長は
怒りともやりきれなさとも混じった気持で
しぶしぶ　やはり生徒を思い出してくれた

図鑑が好きだった君は　話をしにきた
動物図鑑　中でもクジラが好きだった
大きなシロナガスクジラがとりわけ気に入り
教えもしないのに
ほぼ二十五メーターのところまで走り拍手を浴びた
君は　また宇宙を悩んでいた
――太陽が回るのか　地球が回るのか

図鑑を手に
本物の太陽系を見に行きたいと

本物志向の君にプラネタリウムは役立たない
悩みはしばしば興奮に変わり
歩きながら突然ガラスを割った
図鑑を抱えいつも手でなぞっていたが
太陽が中心で惑星が回ることに気づいた君は
急に忙しくなった

学校を終えて夕日を待ち焦がれていた君は
沈む太陽に手を振り丁寧にあいさつをしたあと
大急ぎでスコップをもち塀隣の他校の運動場へ走る
整備された野球部のピッチャーマウンドを掘り返す
何度も叱られて

自分の学校の運動場の真ん中に
先生たちは君の掘り場所を作った

土を掘る　毎日掘る
夜中まで毎日図鑑を前に　地球を掘る

——真っ赤な太陽　あるんだ　見るんだ！

※ろう学校・重度重複学級の仲間たち。

ぼくの世界　2

紙を手で裂く
部屋の決まった君の居場所
新聞の紙を小気味よく裂く
まいにち　まいにち
君は
仕事
誰に邪魔されることもなく　古新聞の紙は咲き誇る
満開の花に埋もれて
君と新聞は　声をたてて笑った

夜勤の人々

一人ひとりが
精一杯に
小さい花を咲かしている
枯れないように
隣の花と　夜を見詰めて
露と星が光っていた
言葉にならない思いの繋ぎ目から
折りたたんでいた明るい顔をあげる
ときどき
言葉は嫌気がさすほど役に立たず

沈黙の伏せた目に
溢れている皮膚に
閉じない夜の
花弁の音が聴こえていた

ロボットの心

そのころ
そう……手書きガリ版の頃です
コンピューターが一般に無かった頃です
大きな会社では
僕のようなロボットが　元気よく物作りに励んでいました

あるとき
僕は　電源を切られているにもかかわらず
大きな腕が意味もなく動いてしまって
人間を一人殺してしまったのです……

業務上過失致死です

翌日からは
原因の解明、修理に修理を重ね大きな腕が　二度と
人間に歯向かうことのないように直してくれました
しかも願われて　また仕事に就くことになりました

数日後
やはり　僕の腕が思わぬ方向に動き始め
かろうじて　人間が逃げてくれたのです
僕は仕事をやめさせられました
解雇です

困った会社は……
頑丈な檻を作って

工場の一番　隅っこへ僕を入れることになったのです
念には念をと……神主さんを呼んで御祓いをされました
檻の中の僕を見ながら社員全員が拝んでくれたのです

檻に入れられた僕は……僕は……
もう僕でなくなると思いました
人間は　その後どうなっていたのか聞きたかったのです

※一九七〇年代はじめ、大手工場の実話。

むかしの小さい記録簿

紀伊半島の人々は昔から荒海を見て育ってきた
若者たちは　街を思うまえに
海の向こうを描いていく
数ある親戚には　海の向こうで暮らす人も多かった

祖母の　おじさんもそうだ
母方の　おじさんもそうだ
おじさんの母は　ミカン畑のなかでアメリカ国籍
誇らし気に親子の絆のようにダイヤの指輪が光っていた
ここは移民の半島

別れはカラッと湿り気がなかった
「アメリカいくか?」
「そうやなあ」

ハワイ　カナダ　アメリカ西海岸　まれにブラジルの声
東京は人が多く耳慣れない言葉が響く　遠い異国
東北や北海道は　地図の国

ミカン仕事の続きに　若ものたちはアメリカ大陸を思い
紀南人も少しお金ができるとカナダの夢を見た

＊

おじさんがアメリカから帰った日
子ども心に　びっくりするほど上等な服を着て
英語混じりで迎えてくれる
ガジュマルの樹木の向こうは　赤い屋根の洋館が建ち並んでいる
「アメリカ村」に別荘も構えた
朝粥が通常の私たちに
ブレッドと言いながら　バターとコーヒーで振る舞う
パーコレーターの香りと音　人の心をまた大陸へ呼んでいた

「苦労もあるんやろ?」
祖母の言葉に　食べかけのブレッドがとまった

私は世界地図を見ながら日々を過ごしてきた
「私も行くのだ……」
太平洋は荒波ばかりが続いて

思いは陸まで届かない
心を惹かれる草原に
絡まるつる草のように西を描いていた

＊

「アメリカ村」の灯が消えた日
住む人の数も消え　アメリカから来た人たちは
海だけを見ていた
おじさんたちは　もう何世になったのだろう
波の音に耳を澄ます

垂れ下がるガジュマルの大樹も道に埋まり
移民から帰った人々の暮らす赤い屋根も　風になった
「時」は時代を　ひと束にして海へ消えていた

紺碧の海は
透明で何も語らず全てを呑み込んでいく
波は今も変わらず
白い岩礁へ 鼓動を打ち続けていた

無題

死んだ人はここにはもう居ないのに
声と匂いと足音を残していく

そんな　小さな空間に立つと
いつも誰かが
足音をひそめて
生きる者へひとつの謎解きをしにくる

*

*

*

幻の数字

鍋を作りながら　豆腐一丁を切っていた
一丁　二丁……ちょう　ちょう……

一兆円がどれだけの価値があるのか見当がつかないので
電卓を前に計算をしていた

人が　産まれたときから毎日、百万円を必ず使い切る約束で
百歳まで生きることを考えると
たった　三百六十五億円　残りは大きい
豊かなものだと思い

一兆か二兆円を目指すことを誓い　神に願い出た
険しい顔つきになった神様は
「そのお金で　人を苦しめたり殺したりしてはいけない」と
厳しく約束事を言われた

毎日、札束に忙しく数字に眩む
千年　生きたとき　三千六百五十億円……
ため息をつき
悲しくなっていたが　留まることが解らず
「頑張るのだ！」
と神に再び誓いをたて　約束事もすっかり忘れ
一人、生きる道を選んだ

湯水のように湧いてくる札束に　苦痛と悪夢を見ながら
ようやく五千年の時を経た　日

その人は
その日の最後の札束を握り
「殺してくれ……頼むから!!」と叫ぶ　が
既に武器もなし
周りには　誰ひとり
ヒトすら見あたらず……　神も遠のき
淡紅色の　蝶だけは　やさしくとまりにきていた

※防衛費……五兆円　清掃人の夢。

季節の断片　誰が仕組んだ

春　光に囲まれたその日　粒よりの羽を膨らます
タンポポの綿毛
今日別れわかれて　飛んでいく
死は　タンポポのどこにあるのだろう
風が　隠してしまった

＊

じっと時を待つものがいる
小さい握り拳が集まった　紫陽花の花眼

大雨と風に晒され　怒りもせず
柔らかく　見せかけの花弁の技で戦う

＊

誰が仕組んだのか　十薬の白い十字架
踏まれても　地下の根は白く笑う
除草剤を浴びせられると　眠って来年の夢をみる

＊

森から　道化師が来たよ
「俺ら役者は影法師　皆さま方のお目がもし
お気に召さずばただ夢を　見たと思ってお許しを……」※
パックだ、パックが話してるよ

良いか悪いか　決めろって！
樹液ばっかり吸ってちゃダメだー　木を伐り倒されてもよいのか
キッチリ話を聞くんだ！

＊

ムクゲの花が　一日ずつ落ちていく
ムクゲの花を見ると
朝鮮半島でこの木を悉く《ことごと》伐採してきた歴史の痛み
七十数年前
ほんの少し前　少し前に

※シェイクスピア「真夏の夜の夢」。

きっと、それは話せないのだ

誰からか
どこからか
紙縒《こより》の風で聴こえていた
私は　父から聞きたかった

二回も父は　戦争に召集された
戦争で何があったのか　何も話さなかった

毒ガス兵とも
通信兵とも

戦争のことを話すとき
現地で食べた豚が美味しかったことだけを言った
海のように大きな川の話だけを言った

アオイ花の葉っぱは毒ガスの匂いがする
父は　その花を植えなかった
死ぬ思いで遠方の部隊へ届けた書き物を
上官に渡すと即座に捨てられた悔しさを
よその人から……ぽっと聞いた

兵隊は家族に何も言えないのだ
まして　子どもに言えないのだ　と
「戦争は人殺しとレイプなのだ」と
怒ったのは　七十もかなり過ぎてからだった

兵舎で　機銃掃射を浴び　同僚がみんな死んだ
偶然　起き上がったので弾がそれて自分は生きた
生きた悪夢を
夜中に　突然　起き上がり悪夢のつづきを
何十年も悪夢のつづきを
私は　知っていたのに

（それでも私の若いあの頃を
　いま　若者にやはり話せない……）

春の空に

吹き荒れるものは　前ぶれに渦を巻く
この春
この数年の春の色

空はこんなに明るく
きっと母のころも
春の光は
もっと輝いていたのだろう
川に小鮒《こぶな》がいっぱい泳いで

輝く空のもとで
戦場へ教え子を送った母さん
「間違ったこと教えていたのやね」
と悔やみ
「戦前は『天皇陛下のために……』とだけ言っておけば
　学校は今よりもっと自由だった」
と口癖だった

この春に
「この雲は変わる
　にんげんて　あんがい　生きるもんやで」
今年、九十五才になった母の教え子は言ったよ

この春の空に　また
カスミ網と　自由な檻と　仕組まれた罠が

いっぱい仕掛けられた
私は自由と人々が生きることを求めていたのに
このカスミ網の先を編んでいたのだろうか……母さん

終戦生まれの子どもたち

この子たちだ
「あの子らが、終戦の子だ」と声がする
「よく生きたものだ」と言う
生まれることが不思議で
特別の子どもなのかと思っていた
全国でこの年の子どもだけ少なかった

この国はその後　戦争をしないと決めていた
家に大勢の人が来る
戦死した家族

焼け出された人びと
涙の声が聞こえていた
戦争が終わったことは
今晩の食べるものが無くても
生きてこそ出せる涙が明日の滾《たぎ》りに繋がっていた

*

大人の言葉が飛び交っていく
二つのときから
爆弾の名前を知っていた
祖母は仕事の手があくと　繰り返す
誰に話しかけるわけでもなくつぶやきながら

――B29爆弾は　爆弾の中に燐がある

体に燃え移ったら消せないので焼け死んだ
歩いていると　急にグラマンの機銃掃射がくる
上からは爆弾が降ってくる
この場所は山で守られたから　ありがたい
広い道は爆弾で焼かれて死んでいた

ときおりに
箪笥《たんす》から白いものを出して
——これが　アメリカの落下傘の切れはしなのよ
向こうの人は血が違うので、ピンク色なのよ
と色の付いた布を　手柄のように見せにきた
裁縫仕事の合間に　日課のように祖母は話す
——戦争ほど馬鹿げたことはない　人殺しだ

何もかも取られてしもうた
日清　日露　第一次大戦　大東亜戦争
つぶやきは繰り返す
使えなくなった立派な壱《いち》円札を撫ぜながら
戦争話を日課にするとき
日清　日露から声に出さなければ気がすまないのだ
そのなかで
偉い人と　偉くなかった人を交互に話した

歌の話になると
「天長節」の歌をとりわけ気に入っていた
――きょうの　よき日は　大君の
　生まれたまいし　よき日なり……
教会へ遊びに行っていた私は　賛美歌と同じに聞こえた
「空の神兵」　を唄うと「元気が出るわ」とご機嫌で

（いまはもう唄ってはいけない）とこっそり言った
戦後の労働歌と似ていた

生活が精一杯で　居場所のなかった母は
「羊羹《ようかん》をいっぱい食べてみたい」と言うだけで喜んだ
羊羹を食べられるようになったころ
――民族の　自由を　守れ……　と唄っていたが
夜の洗い物をしながら　ため息混じりで
心に合うと
――嗚呼　堂々の　輸送船……　に歌はいつも切り替わった

大人たちは過去を思い浮かべ
今を口ずさむ
そこには立ち入れない大人の社会があったため
子どもの世界は保たれていた

理解できない言葉で　大人たちの笑いが続く
「ぎょめいぎょじ」
魚のことなのか……

＊

――今度、戦争が起こったら……みんな死ぬんだ
　何もかもなくなるんだ

この言葉は誰かれなく日に何度も聞こえてきた
五歳や九歳で焼夷弾を受けた人や原爆の小さい写真
朝鮮戦争で黒焦げの炭になった赤ん坊の写真
殺されることや死を
ありったけの力で想像していく
戦争が終わったのに

次の戦争の恐怖が大きい
なにより　もののないころ
子どもにとって親が死ぬことは
心がどこかへ突き落とされる恐れを描いていた

部屋の戸の内側には　紙類も貴重だったのか
「大日本帝國」の大きな地図が貼ってあった
寝るたびに傘電球に浮かぶ
満州や中国の地形も　朝鮮の名前も南方の島々も
まどろみのなかで刻んでいた

＊

闇米　闇市　魚の配給
闇市へ年二回ほど行く祖母たちは

朝から活気づき　よそ行きの和服を着ていた
お菓子はいつも買ってこない
甘さに飢えた子どもは震えるほど　がっかりするが
お金がないので何も言えない

食べるものと　着るものが極端にない
和服を切って子ども服に仕立てたり
胸までのパンツだけで夏を過ごす
汚れたときだけ洗う衣服は　いつも汚れて
汚れたまま
子どもたちは元気がよい

眼を光らせた盗人になって甘いものを探す
ぐずると
親のない子に比べたら贅沢だと

こっぴどく母に叱られた

昼間は
子どもの天国
遊びは仕事だった
草っぱらと山と池は　子どもと虫と生き物が地続きだ
鬼ごっこ　戦争ごっこ　食べ物探しの木登り賽銭盗み
トンボは　選び切れないほどの種類が飛んでいた

水のあるところには　メダカがわく
ごった返しの時間だけが　悠々と流れていた

おもいっきり大きい
透明な夕日が
笑いと　涙と　飢えを

温めながら沈んでいく

＊

整った夜と闇の世界
ミルク色の天の川が竜になってうねっている
手にこぼれるほどの星々は
金平糖をひっくり返したように光る
ひと晩に　いくつもの流れ星が
何年も何年も
星より大きく煌めきながら消えていった

世界の地図と四季の星々

九つのとき　はじめて本をもらった
なぜ　なぜ　どうして　どこ
が鬱陶しくなった親たちは
世界地図の本と　四季の星座を買ってきた
大人の本だ　狂喜した

寝ても覚めても　世界地図を眺める
アフリカと南米は　ガチャッとつながる
大地は一つだったと言った　がみんな笑った
国や　首都や　川の長さ　山や湖

無口になり　地球儀が頭のなかで廻っていく
その日も　ユーラシア大陸の旅をした
きょうも　デカン高原に立ち
夜は　アメリカ両大陸の川を眺める

小さい写真に風景や人々の顔があった
どうしたらその人に会えるのだろう……
月と同じほど遠く
生きもの探しの星で夢を見る

真夏の夜　縁台で仰向きになり　星を探した
そのころは　竜のように天の川が流れ
彦星と織姫に雄々しく飛ぶ白鳥座
まいにち視線を集める　流れ星

一光年にため息をつき
十万光年の数字に茫洋となる
山際からさしだす北斗七星の杓
大きすぎる宇宙
遠すぎる地球の街角
子どもには　夢の果てが遠すぎ

私と宇宙をつなぐものは　まだ何も知らなかった

*

*

*

*

この不思議なもの

時間を愛している
厄介に伸び縮みするものだ
私のなかに忍びこんだ時は
私に黙って歳を使い萎《しぼ》めていく
不確実なこの明日を　時は歩けと言う

時は球のようなものか
球体のどこかに私は立っている
みんな自分の作った玉のうえで人々と話す

滑り落ちないように踏みしめていくのだ
人はこんなにも弱く簡単に玉乗りのピエロにされていくから

＊

「時間」を数字で区切ってしまった
時を刻みだした
決められた刻みで昇り降りすると
せっかちになる
でんでん虫を眺め時間の説明を聞きにいく

遠い半島

いっぽ　離れているので
列なる紀伊山脈が盾になってくれているので
じっと、街を見ることができるのです

この半島は
霊魂とか
精霊とか
たしかに居るのです
それは
信じるものとか
信仰するものとかでもなく

感じるものがいるのです

ここでは
人間の言葉はいりません
生きものの官能が残されているのです
ほら……ボーっとしたあの木も百年以上
精があるね
森のなかも川も海も　そこに入ると初めて見る性の形
それは人間への生
そんな思いは　ずっと昔から
もしかすると　ずっと昔のもっと前から
ここは
足で歩いてきた人たちが
ゆっくり時を見つける居場所だったのかもしれません

鬼—白崎海岸の辺り

くねくねと曲がっていくと

ここは　白い
尖った岬が白い
太平洋から集まってきた紺碧の海に　強い風が吹く
ここは　青い

鬼の歯をもつリアス式海岸
その糸切り歯の岬は純白だ
人はここへ来ると為す術もなく白い岩に立ちすくむ

鬼の歯茎《はぐき》で人々はひっそりと漁を営む
野菜を植え　果実を取り
鬼を怒らせてはいけない　ウミガメを遊ばす
いちど鬼を怒らせると　清姫のように火柱を吹く
怒りの鬼は歯ぎしりをたて　人々を海へ放り出す
すぐそこは稲叢《いなむら》「稲むらの火」を伝えた

鬼は　しんぼう強い
いつも孤独で
大波を呑み込み
夕日に口元を　美しく飾る
自慢の白い糸切り歯の周りを
人々は思いおもいの彩りを着て

蟻のように岩肌を撫ぜると
鬼は　光を浴びて大口を開いて　笑う

※この美しい地域の側「由良原発予定地」を県民で止めた。

黄色い花

ハマボウは咲いているか
真夏に　柔らかい黄色をゆらして
済州島から西日本　奄美の島に　ここ紀伊半島の御坊の浜辺に
芙蓉のように大きな花が　潮風を浴びて咲く
絶滅危惧種になってしまった

ハマボウは咲いているか
御坊の浜辺で　優しく激しく　レモン色を放って咲け
花は戦争も喧嘩もしない
育つところに根をはっていく

この大きな花に　道行く人は立ち止まる
かつて　包まれていた記憶を呼ぶ　花びらに

御坊を通るとき　ハマボウの群生地で
いつも　辺りを探している
護岸工事で伐られていないか
花のないときは　見落とされてしまう
南の颪の花　群れを求める

河口の沼地は　生きものの手指の先　息の穴
人間は　指先を切り落し　穴を止めてきた
そこはまだ　群生の息はできるか　鳥は来るか
ハマボウ　咲け　ことしも咲け
人は　まだ生きていけるか

冬の物語

北の大地で　ナマハゲが歩きだすころ
奈良では　冬枯れの山を焼く

ひとは遠い星からこぼれ落ちた種
心のどこかで
湧きあがる炎を見詰めてしまう

不思議な星の浮皮で
絡まってしまって行き場をなくした頭骨は
神々の宿した残り香を　嗅ぎ分けていた

黒いピアノで
ぬくい夜空に　一音を叩くと
誰に渡すでもなく　涙が落ち　頬に結晶を残そうとしたが
突然　次の波がきてさらっていった

遠い過去から　落ちてきた響きに
この日の夜は更に　暖かく
忍び寄る　鬼神の春たちがやってきた

夜が響く

田舎の夜道を歩いていると
秋の風を問わなくとも
星が降り
虫が鳴く

それほどに
見わたすものが多いので
人のことなど忘れていく

闇が重なる　寒い夜道は

ほこほこと下から温かく
ひとりで歩けることの嬉しさに
足が鳴り
月が聞いている

「闇の色は何色か」と突然、たずねたものとすれ違う
二〇〇色の絵具をぶち混ぜて　足りるだろうか
どの色も見え
どの色も消え

いま　闇から現れたものは何処から来たのか
三日月のほころんだ顔を見せ
立ち去った……が

＊

流れ落ちる　ことばの海
ネットの渦に片足が入る　ここは
闇夜だろうか
昼間だろうか
聞こえない声で
外交を叫ぶものもいる

私は黄金のタモ網を持って掬《すく》うのだ
かき分け　かき分け
おお
象が沼に埋まった　象の仲間が救いだした
金星だ

ネットで　ゴリラに出くわした

どう考えても
人間より優しく叡智のある顔でね
ゴリラに金のタモ網を

＊

人間はいつから間違ってきたのか
この手か
この頭か

「人は間違うものである」と間違いを繰り返す
「人間も弱肉強食動物だ」おっとっと……
ライオンが南極まで獲物をとりに行くのか
人は特異な動物だと嘆き

わからない　欲望の遺伝子
狂い始めたのはいつからか
欲望を持った人間は　自らを恐れ
住まいの星を破壊する火の玉を抱え
次の星を探し求める

それほど
望みのない欲を抱えて恐れ慄く者たちも
季節の音楽を奏で　その手で
爆撃の用意をする
が　その隣で
穴に落ちた子猫の生命を
懸命に救うことに　喝采の涙を流す

その涙は

人間の心に湧き出す　軌跡の道
懐かしい
人類へ返ってきた
一瞬……

＊

私が　詩を書こうと思った　一つは
言葉を持たぬ人々と
言葉を持たぬものたちと
言葉を話す私が
何不自由なく通じる不思議さでした
言葉を持たぬ人々から
私は　言葉を覚えたのです

言葉を持たぬ人々と話すとき
ことばとは何だろうか
言葉を持たぬ人々と通じ合うとき
そこには　信頼

信頼という
説明のつかないものに託された行動でした

そこには
激しい独自の人間のぶつかり合いと
生み出される響き
太古から繋がる
感情の皮膚でした

表現と行動は　花のよう
笑いや怒りの赤い花　涙の蕾
一枚ずつの　花びら

ことばの原点を　君たちから知ったのです

＊

言葉花屋さんに行くと
花に心を寄せられなくなった

花はどれも
くっきりと形作られ
ユニクロ仕立てになっている

バイオで生きた花々は
国籍を消され　風も忘れていた
ロボットのように見つめ
花弁は瞬きもしない
夜　見てごらん

生命の隙間から
溶けた花の幽霊たちが
ゆらゆらと動く
あれは　もしかして
花を作った人も　花を活ける人も
夜中に耳にする
無言の呻《うめ》き声ではなかろうか

ユキヤナギ

列をなして
白馬が　いななく
凍えた手足が伸びていく

一目散に春
なびく白い尾

解説　秋野かよ子詩集『夜が響く』
貝の言葉に耳を傾ける人の、夜の詩想

佐相　憲一

詩人・秋野かよ子氏の詩想が根源的に表現された詩「夜が響く」は、五つの断章が有機的につながる一二七行の長詩である。この詩の原型をわたしが初めて読んだのは、編集する文芸誌「コールサック」九二号（二〇一七年一二月刊）原稿として秋野氏から電子メール添付で送られてきた二〇一七年九月だった。その時の感銘をはっきりと覚えている。好評だった前詩集『細胞のつぶやき』によって、細胞レベルでの地球自然のつながりに命を感じとり、福祉・教育の経験を活かした表現を獲得した詩人。この詩には、そうした詩世界の根源にある感じ方、生き方、詩想そのものが、いっそう繊細な詩情をもって刻印されていた。

詩「夜が響く」の中で作者は夜道を歩き、星や虫を感じ、月を感じ、闇を見つめる。〈「闇の色は何色か」と突然、たずねたものとすれ違う／

二〇〇色の絵具をぶち混ぜて　足りるだろうか／どの色も見え／どの色も消え／／いま　闇から現れたものは何処から来たのか／三日月のほころんだ顔を見せ／立ち去った……が〉と言うから、闇は作者にとって負の象徴ではない。地球自然界というスケールでの実際の闇夜に不思議な魅力を感じているのだ。そこから詩は展開して、人の世の夜をインターネット交流も含めて見つめる。作者独特のイメージ〈黄金のタモ網〉〈金星〉などが明らかにしていくのは、象やゴリラやライオンに比しての人間世界、特に戦乱や資本主義の世のヒトである。〈欲望の遺伝子〉の展開は、かなしみに風刺精神が入って、人類の矛盾を突いている。そこには、福祉や教育の現場で働いてきた人ならではの直感的な愛が底流にあるので、苦い詩想の中に願いと希望も感じられる。子猫への涙の情景に人類の鍵を見つける視点は、人間批判が人間嫌いにならないぎりぎりのところで必死に命の底流を感受する詩人の、冷静で熱い内面のたたかいがもたらしたものだろう。四つ目の断章では、〈私が　詩を書こうと思った　一つは／言葉を持たぬ人々と／言葉を持たぬものたちと／言葉を話す私が／何不自由なく通じる不思議さでした／／言葉を持たぬ人々から／私は　言葉を覚えたのです〉と転調する。動物界、植物界、を通して対比的に見つめられている人間の矛盾、世界の悲惨が、その救いとしての〈言葉を持たぬものたち〉〈言葉を持たぬ人々〉との交流に行きつく時、読者であるこちらもまた、詩文学というものの効能として、社会上の立場の小気味よい逆転と、本当に大切な愛はどこにあるのかという発見に救われるようだ。詩は終わりの方で、〈バイオ〉と〈ロボット〉の時代に〈花の幽霊たち〉の〈無言の呻き声〉を聴く人の心の花を問いかけている。自分は正しく他人がいけない式の目線はなく、負の遺産を抱え込んだ愚かな人類の一人として、闇夜を自然界の道で共に生き、〈言葉を持たぬものたち〉から学ぶ清々しい姿勢がこちらの胸をうつのだ。わたしたち人間は、なんと多くのうつろな言葉を浪費していることだろう。存在の闇夜の、発せられない言葉を思うことが、秋野氏にとっての詩作の原点というわけだ。

この第四詩集『夜が響く』に収録された秀逸で個性的な詩群全体を象徴する集約点として、最後から二番目におかれた詩「夜が響く」について述べてみた。厳選された三〇篇のそれぞれを味読していただきたい。

詩集は四つの章に分かれている。

第一章には「貝ですっと囁きに来て」「夜の声」「モクズガニ」「蟹カマボコ」「夏」「ムカデよ」「晩夏のころ」「歩く」「顕微鏡」の九篇が収録されている。登場するのは、サザエ、カタツムリ、ナメクジ、ウミウシ、ホタテ、セミ、イヌ、モクズガニ、カニ、アシダカグモ、ゴキブリ、ムカデ、シマヘビ、そしてヒトと作者自身。さりげなくユニークな詩群でありながら、冷静な観察と深い思いによって、生きていることの不思議さ、生物界の広大で繊細な多様性、大切なものを内側深くから紡ぐ詩情、などによって、いずれも本質的な文学作品に昇華されている。生きものに寄せる作者の眼は独特な角度から存在自体の内側へ入る。和歌山の季節折々の自然界に自ら生きながら感じとられた詩想には、身近な親しみと共に普遍的なものの風格がある。これらの詩作品ににじみ出ているユーモアは、生きることが不確かであるがために発見される面白みと言えよう。そこから宇宙的な視野を手繰り寄せている。小動物と共に人間を見つめ、自らの生死を見つめる、その上に、広大な詩の夜空がひろがっている。

第二章には「いつの日か」「ひとは絵を描く」「ぼくの世界　1」「ぼくの世界　2」「夜勤の人々」「ロボットの心」「むかしの小さい記録簿」「無題」の八篇が収録されている。他者存在への眼差しが人物像と共に刻まれた章だ。職業現場で接した重度の障がいをもつ生徒を生き生きと描いた冒頭四篇には、作者ならではのもう一つの持ち味が発揮されている。この四篇に共通して光るのは、主人公の生徒が内側深くから外へ表現することの発見と喜びが描かれていることだろう。そこでは文化芸術の創作現場にも通じる表現のダイナミズムが、障がい者というハンディをむしろプラスに転ずるような多感な感性の発露の瞬間をとらえて刻印されている。きっと、この職場集団は、さまざまな困難を保護者と協力して乗り越え、ひとりひとりの存在まるごと見つめて受けとめる、切実な闘いをしていたのだろう。共に生きる励ましに満ちた、それでいて冷静な語りによってこちらに豊かなものが伝わってくる作品群だ。続く三篇は、時代背景も濃厚に感じられて印象的だ。最後の詩「無題」での死者と生者の関係性は、次の章や詩集全体の詩想につながっている。

第三章には「幻の数字」「季節の断片　誰が仕組んだ」「きっと、それは話せないのだ」「春の空に」「終戦生まれの子どもたち」「世界の地図と四季の星々」の六篇が収録されていて、戦争と平和、歴史認識、国際視野、といったきわめて現代的なテーマの切実な声が聴こえる。自らの戦後体験、父母の戦争体験、昨今の危ない政治情勢、といった課題に正面から取り組む詩人の姿に励まされる。秋野氏もまた、このままではいけない、いま伝えなければ、という時代の切迫感を広範な市民と共有しているのだろう。具体的に回想され、あるいは風刺される現実、しかし、ここでも秋野氏ならではの独特の人間性の深みがあって、通りいっぺんの詩になっていない。文学的な次元にまで昇華された語りには、存在対話の本質的な問いかけがぬくもりを伴って感じられる。

第四章には「この不思議なもの」「遠い半島」「鬼—白崎海岸の辺り」「黄色い花」「冬の物語」「夜が響く」「ユキヤナギ」の七篇が収録されている。詩集も終盤に入り、第一章と共通の自然界の詩が、和歌山周辺の今度は土地の風土を独自の視点で掘り下げながら、また新たに展開される。紀伊半島、白崎海岸、御坊、奈良、和歌山。土地の魅力を語る詩群には、作者が親しんできた民俗学や神話・伝説・昔話などの角度と共に、第一章で見せた地球生物界への独自の視点が生きている。そして、この解説文の冒頭に触れた長詩「夜が響く」を経て、映像的な短詩「ユキヤナギ」で詩集は終わる。

読後の余韻に、思わず、詩っていいなあ、とつぶやいた詩集である。

あとがき

詩のようなものを書いてみようと思いはじめて、八年目になりました。それは未知の世界でオドオドしていました。私は病気で読み書きに少しの障害を持ってしまったのですが、「思いを伝える」ことはできるかもしれないと思いました。いつも書くのは夜半なので夜が忍び込んできます。よく自然のことを書いていました。そういった環境があったことと、私の記憶のなかにも溢れるほど自然が残されていたからです。

子どものときから「時間」と言うものに特別な興味を持っていました。なぜかわからないのですが、それは決まって「真夏の午後」。暑さのなかで朦朧としながら、ゼロや無限や空間や時間を思うことが、楽しみの一つになっていました。

数年前、三〇～四〇代の人たちに、あることをお聞きしました。それは「もし、タイムカプセルがあったとしたら何処へ行ってみたいか？」と。すると半数以上の人が「昭和三〇年代を見てみたい」と言ったのです。私はショックを受けました。私の子どもから青年期の頃です。

「なぜ？」と聞くと「すごく、ゆっくりしているみたいだ」「子どもは歌を唄っていたと思う」「外で子どもを自由に遊ばせられたと思う」と言いました。その通りでした。

「未来は？」と尋ねると、未来はもう嫌だ、興味がない。と答えたのです。

「高度経済成長時代」と言われた時代、庶民は豊かでなかったのです。しかし虐げられながらも、人間の意識が均等に届く「時間」の流れがありました。そこには「より早く」という思いはありませんでした。

私の生きてきた時代の今は、ものが溢れんばかりになり、ものの価値すら消え、金銭が数字に変わる恐ろしい世界になっていました。人々の時間を切り刻んできたのだと思います。この時間こそ、一人ひとりの人間のもの。それは平和の一つの形だと考えています。

詩集『夜が響く』を、今回もコールサック社にお願いを致しました。佐相憲一様には編集で細かくやり取りをして頂き、ご厄介をおかけしましたことを、深く感謝申し上げます。

二〇一八年　初春

秋野かよ子

著者略歴

秋野かよ子（あきの　かよこ）

一九四六年、和歌山県和歌山市生まれ

二〇一二年　詩集『台所は　詩が生まれる』（日本文学館）
二〇一三年　詩集『梟が鳴く——紀伊の八楽章』（コールサック社）
二〇一五年　詩集『細胞のつぶやき』（コールサック社）
二〇一八年　詩集『夜が響く』（コールサック社）

文芸誌「コールサック」に詩やエッセイを発表。
日本詩人クラブ、日本現代詩人会、詩人会議、関西詩人協会の会員。

連絡先
〒六四一 - 〇〇五六　和歌山市秋葉町一二 - 九
電子メール　k_lemon@ever.ocn.ne.jp

石炭袋

秋野かよ子詩集『夜が響く』

2018年3月4日初版発行
著　者　秋野かよ子
編　集　佐相　憲一
発行者　鈴木比佐雄

発行所　株式会社 コールサック社
〒173-0004　東京都板橋区板橋 2-63-4-209
電話 03-5944-3258　FAX 03-5944-3238
suzuki@coal-sack.com　http://www.coal-sack.com
郵便振替　00180-4-741802
印刷管理　（株）コールサック社　製作部

＊装幀　奥川はるみ

落丁本・乱丁本はお取り替えいたします。
ISBN978-4-86435-330-4　C1092　￥1500E